ARLEQUIN GÉNÉRAL D'ARMÉE.

ARLEQUIN,

GENERAL D'ARMÉE;

OPERA BOUFFON

EN DEUX ACTES.

Imprimé fous le bon plaifir des Patriotes, par
un Soldat de la Lune.

1 7 9 0.

PERSONNAGES.

ARLEQUIN, *Général*

SANS-PEUR, *Ingénieur.*

Madame VIOLETTE.

VA-DE-BON-CŒUR, *Capitaine.*

FURET, *Lieutenant.*

Mademoiselle VIOLETTE.

PIERROT, *Général.*

JEANNOT, *Capitaine.*

Troupes d'Arlequins, habillés de toutes couleurs.

Troupes du Général Pierrot ou Pierrottins.

Plusieurs Déserteurs des Troupes de Pierrot.

La Scène se passe dans un Village du Brabant.

ARLEQUIN,
GÉNÉRAL D'ARMÉE,
OPÉRA.

ACTE PREMIER.

SCÈNE PREMIÈRE.

ARLEQUIN, *se promenant sur le théâtre & tenant un lettre à la main.*

Du courage, Arlequin, tout va le mieux du monde : déjà trois cens vingt-cinq hommes, & en voilà encore près de deux cens que m'annonce le capitaine Va-de-bon-cœur. Morbleu ! c'est là de quoi faire face.... Mais que dis-je ? de quoi faire face : ah ! voilà bien, sembleu ! de quoi étriller d'importance cinq & même six mille Pierrotins. Allons, du courage ! c'est pour ta patrie que tu vas vaincre ou mourir, Arlequin. (*En*

A

mettant la main fur fon fabre) Et toi, mon épée, feconde ma valeur.

Air : *O Mahomet.*

Brave Arlequin, redouble de courage,
Pour fignaler ta noble & vive ardeur :
Va mériter de ton pays l'hommage,
Ou fuccomber dans le champ de l'honneur :
Quand on défend & venge fa patrie
L'on ne doit pas craindre un inftant la mort.
Si, dans ce cas, Arlequin perd la vie,
Chacun, hélas ! plaindra fon trifte fort.

Mourir pour fon pays ! ô douce confolotion ! mais non, je ne crains pas la mort, je ne crains pas le Général Pierrot ni fes Pierrotins ; ce font tous des lâches qui n'ont pas d'ailleurs, comme Arlequin, l'ame chevillée dans le corps par l'honneur. — Ces coquins-là fe battent pour votre bourfe, pour votre. . . .

SCÈNE II.

ARLEQUIN, Madame VIOLETTE.

ARLEQUIN.

EH bien ! la mère Violette, qu'eft-ce que vous avez ? vous ne paroiffez pas fatisfaite.

Madame VIOLETTE.

Satisfaite, Monfieur Arlequin ? ah ! vous le favez : le nom de la patrie eft gravé dans le cœur
de la mère Violette, & pouvez-vous donc croire
qu'elle voit avec fécurité les Pierrotins exercer
autant de cruautés ; vous favez encor, Monfieur
Arlequin, que ces malheureux font la caufe de la
mort de mon brave mari.

ARLEQUIN.

Votre mari, Madame Violette, étoit un galant
homme. Oh ! ça....

Madame VIOLETTE.

Dites plus, Monfieur Arlequin, un brave Patriote, & par conféquent un parfait honnête homme.
Oh ! s'il n'étoit pas mort pour la patrie, tenez,
je crois que je ne me confolerois jamais de ce
qu'il eft mort avant moi.

Air : *Annette, à l'âge de quinze ans.*

> Le fouvenir de mon époux
> Viendroit irriter mon courroux,
> S'il n'avoit pas, avec valeur,
>   Perdu la vie
>   Pour la patrie
>   Et pour l'honneur,

ARLEQUIN.

Même air.

Confolez-vous bonne maman,
L'honneur vous réferve un amant
Parmi ceux qui fe font rangés,
Avec vaillance,
Pour la défenfe
De nos foyers.

Madame VIOLETTE.

Je ne peux en difconvenir, Monfieur Arlequin, & je vous confie même qu'étonnée du courage & de ce fentiment patriotique de Monfieur.... Ah! devinez qui:

ARLEQUIN.

Je gage que c'eft de mon brave Capitaine Va-de-bon-cœur, que vous....

Madame VIOLETTE.

Combien vous me rendez fière de mon choix! Tout jufte, Monfieur Arlequin : oui, c'eft ce brave foutien de notre pays, votre Capitaine Va-de-bon-cœur, qui a conquis mon cœur; c'eft-là un homme ! après vous, trouvez-m'en un plus grand Patriote.

ARLEQUIN.

J'en conviens : aussi je compte beaucoup sur lui. Voyez la lettre qu'il vient encore de m'écrire. Lisez.

Madame VIOLETTE *prenant la lettre.*

Ah ! comme c'est brave.... Il arrive bientôt sans doute, Monsieur Arlequin. ... Tenez (*en lui rendant la lettre*), car je ne sais pas lire.

ARLEQUIN *chante.*

Il reviendra ce soir, je croi,
Ce soir je croi.

Madame VIOLETTE *chante.*

Grands Dieux ! grands Dieux !
Ah ! quel plaisir pour moi.

ARLEQUIN.

A propos, Madame Violette, mais votre fille ne pensez-vous pas à la marier ?

Madame VIOLETTE.

Si j'en avois l'occasion, oui ; mais croyez-vous, Monsieur Arlequin, que je la marierai sans savoir à qui ? Si je trouvois un jeune homme qui se dis-

tinguât pour la patrie, de fuite il feroit mon en-
fant : d'ailleurs, le caractère de Mademoifelle
Violette eft trop conforme à mes fentimens pour
s'emmouracher de quelques barb:ailleurs de pa-
pier, comme on en voit tant dans les bureaux
des Pierrotins. Patriote, voilà le feul titre qu'il
faut avoir pour être digne de la main de Mademoifelle Violette.

ARLEQUIN.

Refpectable mère : ah!... Mais que vois-je?
Oui, c'eft mon ami Sans-Peur.

SCÈNE III.

ARLEQUIN, Madame VIOLETTE, SANS-PEUR.

SANS-PEUR.

JE ne me trompe pas, c'eft bien luimême... Oui...

Air : *L'avez-vous vu mon bien-aimé.*

Comment c'eft toi, c'eft Arlequin,
Mon cœur peut-il le croire ?
Ah! l'on menace ton deftin
D'une trame bien noire.

Ces coquins de Pierrots ont mis
Ta digne & chère tête à prix ;

A R L E Q U I N *continuant,*

Je ne crains pas ces ennemis,
D'une force commune ;
Mais où disent-ils que je suis ?

S A N S - P E U R *continue.*

Ils disent dans la Lune.

A R L E Q U I N *riant.*

Ah ! ah ! ah ! dans la Lune ! Arlequin dans la
Lune ! Ils ne tiendront bientôt plus ce beau lan-
gage , & nous verrons qui de nous y fera le premier
trou dans la Lune : les coquins !

Air : *Jardinier ne vois-tu pas*

AMI, tu vois bien ce bras,
Qui fait ainsi menace ;
Il donnera le trépas
A tous ces marouffles-là
Sans grace
Sans grace
Sans grace.

Madame V I O L E T T E.

Il fera comme il le dit, Monsieur Arlequin :

A 4

mais vous, Monsieur, ne seriez-vous point un excellent Patriote.

ARLEQUIN.

Dis-moi franchement, Sans-Peur, quel est donc le sort qui t'a conduit ici, pourquoi quitte-tu le pays; ah! ne vas pas tromper ton ami Arlequin.

SANS-PEUR.

Fatigué des oppressions de ces tyrans, & pour m'en soustraire, je vais chercher le repos & la liberté dans une terre étrangère.

ARLEQUIN.

Que dis-tu, Sans-Peur? Tu vas chercher le repos & la liberté dans une terre étrangère, & tu en jouirais paisiblement lorsque tes amis, tes parens, tes concitoyens gémiraient encor pitoyablement, & qu'il n'auroit tenu qu'à toi de les rendre également heureux. Ah! l'ai-je bien entendu? Sans-Peur a-t-il pu parler ainsi, sans craindre d'affecter son ami Arlequin?

Madame VIOLETTE.

Oh! Monsieur Sans-Peur, vous n'aimeriez donc plus votre pays?

SANS-PEUR.

Vous m'affectez, mes amis: comment! il ne

tient qu'à moi de délivrer mon pays de l'escla-
vage, dis-tu, Arlequin ? A la vie & à la mort,
oui, je suis à lui ; je me battrai, je tuerai ces
maudits Pierrotins, qui veulent nous ravir la
liberté. Qu'ils tremblent donc. Ah ! la plus flat-
teuse espérance naît en mon ame.

Air : De la Belle Arsene.

Doux espoir de la liberté,
Viens venger mon cœur irrité,
Viens venger mon cœur irrité.

Madame VIOLETTE.

Voilà un bon Patriote ; vive Monsieur Sans-
Peur.

ARLEQUIN.

Je reconnois Sans-Peur digne de son ami Arlequin, & c'est sur lui que je me repose pour sauver
notre Pays : tu seras donc notre Ingénieur ; & con-
certons ensemble. Mais, tu m'as dit que ces brigands
de Pierrotins avoient mis ma tête à prix. Eh !
bien, moi je mets celle du Général Pierrot à
trente escalins ; oui, à trente escalins, &, ma
foi, c'est encore fort au-delà de ce qu'elle peut
valoir ; mais Arlequin est généreux : & je mets à
neuf liards celle de chaque Pierrotin. Pour reve-
nir à notre entreprise, charge-toi donc, Sans-

Peur , de quelques difpofitions , & moi en brave
Général , je marcherai à la tête de mes troupes.

SANS-PEUR.

Tes troupes ! mais où font-elles , Arlequin ?

ARLEQUIN.

Où elles font ? Tu vas bientôt voir celles que j'ai
déja formées ; & enfuite. . . . Tiens, lis cette lettre
du Capitaine Va-de-bon-cœur, notre ami. D'ailleurs, Arlequin frappant feulement du pied , &
plus fur que Pompée , il auroit bientôt une armée
formidable à fes ordres.

Madame VIOLETTE.

Et que ne peuvent pas des amis de la liberté ,
qni ne fe battent que pour la défenfe de leurs
droits. Périr pour périr, ne vaut-il pas mieux que
ce foit avec honneur ?

SANS-PEUR.

Ces Pierrotins ne s'attendent fûrement pas à ce
coup de maître ; car fi tu favois, Arlequin, comme
ils font les rodomonts. Ah ! Dieu ; barricades par
ci , placards par-là : enfin , ils doivent tout mettre
à feu & à fang.

Madame V I O L E T T E.

Ah ! quelle horreur !

A R L E Q U I N.

Tout doux, Messieurs les Pierrotins, tout doux.

Air : *De Joconde.*

Ils baisseront bientôt le ton,
J'en donne ma parole,
Quand ils auront reçu leçon
Dans ma savante école :
Et s'ils ne vouloient pas cesser
Cette fière arrogance,
Dame, je les ferois danser
Certains ronds en cadence.

S A N S - P E U R.

Sois tranquille, Arlequin, je me flatte que mes efforts seconderont ta valeur. Mais, voilà. . . . . Oui, c'est notre ami Va-de-bon-cœur.

Madame V I O L E T T E.

C'est lui-même. Quel air noble & courageux !

SCENE IV.

LES ACTEURS PRÉCÉDENS;
VA - DE - BON - CŒUR, avec une
troupe de Patriotes.

ARLEQUIN.

OUI : c'eſt notre Capitaine Va-de-bon-cœur.

Air : L'un de ces jours nos moutons s'égarrèrent.

Te voilà donc, valeureux Capitaine,
Prêt à marcher ſous nos brillans drapeaux ;
Courons, volons où l'honneur nous entraîne,
Et montrons-nous, ainſi que des héros.   *bis.*

VA - DE - BON - CŒUR.

Même air.

Quand Arlequin veut marcher à la tête
Nous ſuivrons tous ſes ordres & ſes pas;
Et ne pouvant douter de la conquête,
Chacun de nous bravera le trépas.   *bis.*

ARLEQUIN.

Ton noble courage, Va-de-bon cœur, mérite
une diſtinction. Je je te fais donc Général; & ſi

Arlequin fuccombe, que tes efforts & ta valeur répondent à fon attente.

Madame VIOLETTE.

Cette récompenfe vous eft bien due, Monfieur Va-de-bon-cœur, & s'il en eft de plus grande encore, votre valeur mérite de l'obtenir.

VA-DE-BON-CŒUR.

La plus grande récompenfe pour un Patriote, eft celle de défendre & venger fon pays ; c'eft celle que je vais tâcher de mériter ; mais après ce triomphe, fi je puis afpirer.... Madame Violette, à votre....

Madame VIOLETTE.

Je vous comprends, Va-de-bon-cœur ; tenez, Monfieur Arlequin fait déjà mon fecret ; & d'ailleurs, quand Madame Violette vous devra la vie, pourra-t-elle vous refufer fon cœur.

ARLEQUIN.

Cela eft vrai, mon ami, Madame s'eft expliquée d'une manière non équivoque. — Tu nous a recruté, je le vois, de braves Patriotes : moi j'ai affocié à nos travaux le cher ami Sans-Peur, qui nous étoit fi néceffaire. Mais, dis-moi, où as-tu laiffé ton Lieutenant Furet.

VA-DE-BON-CŒUR.

Il eft avec un détachement à l'affut de l'ennemi, que l'on nous a dit être bien prêt de nous; & jé crois, mon Général, qu'il feroit prudent de nous tenir fur nos gardes.

SANS-PEUR.

Je crois effe&ivement, mes amis, qu'ils ne font pas fort loin d'ici : comme Ingénieur, je vous engage de faire tenir vos troupes en embufcade derrière les maifons & nous inveftirons les ennemis dès qu'ils auront défilé.

ARLEQUIN.

A merveille'; & toi, Va-de-bon-cœur', difpofe donc tes Soldats ; & pour les encourager, répète leur furtout que c'eft pour la patrie qu'ils vont combattre. Ce nom feul les rappellera à leur devoir.

SCENE V.

LES ACTEURS PRÉCÉDENS;
Mademoiselle VIOLETTE, *qui vient en courant.*

Mademoiselle VIOLETTE.

AH! ma mère! ah! Monsieur Arlequin! (*En lui faisant la révérence.*) Il y a sans doute quelque chose de nouveau; car je viens de voir Monsieur Furet qui descend la petite montagne avec d'autres hommes qui courent tant qu'ils peuvent.

Madame VIOLETTE.

De quel côté vont-ils?

VA-DE-BON-CŒUR.

Ils viennent sûrement de ce côté-ci.

Mademoiselle VIOLETTE.

Oui, je crois qu'ils viennent de ce côté-ci.

Air: *Dans ton ardeur trop indiscrette,*

Grands Dieux! avec quelle vitesse
Ils arpentent tous le terrein;

Je ne fais pas ce qui les presse ;
Connoissez-vous donc leur dessein ?

ARLEQUIN.

Point de tristesse,
Point de chagrin ;
Tout est conduit avec sagesse.

VA-DE-BON-CŒUR.

Ils auront vu des Pierrotins,
Sûrement le long des chemins.

SANS-PEUR.

Même air.

Amis, que chacun donc s'apprête ;
Et pour signaler notre ardeur,
Qu'aucune allarme nous arrête ;
Montrons ce que peut la valeur.

Madame VIOLETTE.

A la conquête
Avec ferveur
L'on verra la mère Violette,
Se mêler avec le vainqueur,
Et le suivre au champ de l'honneur.

Mademoiselle VIOLETTE.

Tenez, les voilà ; comme ils courent !

SCÈNE

SCÈNE VI.

LES ACTEURS PRÉCÉDENS,
LE LIEUTENANT FURET accourant,
& quelques Patriotes qui arrivent les uns après
les autres.

FURET *s'essuyant le front.*

Air : *Vermeille rose.*

Tout hors d'haleine
J'accours, & je crois à propos ;
Car, dans la plaine,
Sur les côteaux,
Oui, j'ai vu des Pierrots,
C'est chose très-certaine.

ARLEQUIN *continue.*

Paix, Furet, ne disons pas mot
Pour que, sans peine,
Ils tombent tous, tels que des sots,
Dans cette arène
Sous nos drapeaux.

La victoire est à nous, mes amis, de la pru-
dence, & sur-tout du courage. Va-de-bon-cœur,
tu occuperas ce quartier-ci, & toi, Furet, ce-

B

lui-là. Qu'au troisième coup de canon, chacun faffe fon évolution, & que tous ces lâches tombent dans nos filets. Va-de-bon-cœur, difpofe tes troupes.

(*Va-de-bon-cœur fait ranger les troupes fur deux ou trois lignes.*)

Mademoifelle VIOLETTE.

Ah ! ma mère ! quel plaifir de voir cela ! que j'aimerois d'être garçon pour faire la guerre.

VA-DE-BON-CŒUR.

Air : *Un militaire.*

A la victoire,
Marchons d'un pas ferme & guerrier,
Nous aurons l'honneur & la gloire
De cueillir le plus beau laurier
De la victoire.

ARLEQUIN.

Amis, ranimez ce zèle,
Qui doit tous vous diftinguer ;
Pour la caufe la plus belle
L'honneur vient de vous armer
C'eft votre vie
Que vous allez dévouer
Votre vie vous allez dévouer
Pour la patrie.

VA-DE-BON-CŒUR, *faisant marcher ses troupes, répète.*

A la victoire,
Marchons d'un pas ferme & guerrier ;
Nous aurons l'honneur & la gloire
De cueillir le plus beau laurier
Par la victoire.

ARLEQUIN *aux troupes rangées.*

» Braves Patriotes , mes amis, mes camarades ,
» l'honnenr a choisi Arlequin pour votre Général :
» c'est donc l'honneur & l'amour de la patrie qui
» vont vous commander. Déployez tous le cou-
» rage & la force des lions pour exterminer le
» maître de la rapacité , ainsi que ces Milans,
» ces Vautours, qui ravagent notre pays, & sans
» grace extirpons leurs oncles & griffes ; vous
» m'avez entendu ; partez , & attention. «

VA-DE-BON-CŒUR & FURET,

En avant, marche. (*Les troupes défilent.*)

ARLEQUIN.

» O toi ! divin Soleil , éclaire nos pas, & par
» une éclipse, ensévelis Pierrot & ses Pierrotins
» dans l'obscurité de la Lune. «

B 2

SCÈNE VII.

ARLEQUIN, SANS-PEUR, Madame
& Mademoiselle VIOLETTE.

SANS-PEUR.

Ou prétends-tu, Arlequin, borner tes conquêtes?

ARLEQUIN.

Où je prétends les borner? jufqu'à chaffer les
Pierrotins de toute la dépendance de notre Pays,
ou les pulvérifer, fans aucun ménagement : ainfi,
allons tout difpofer : Au revoir, la mère Violette

(*Ils fortent.*)

SCÈNE VIII.

Madame & Mademoiselle VIOLETTE.

Mademoiselle VIOLETTE.

MAIS nous, ma mère, eft-ce que nous ne pour-
rons rien faire pour la patrie ?

Air : *De Marlborough.*

Dans mon ardeur extrême,
Je trouverois le bien fuprême ;

Si je pouvois moi-même,
   Sauver notre'pays
   De ces tyrans maudits
   Et de nos ennemis.

Madame V I O L E T T E,

Que j'ai l'ame ravie!
Viens dans mes bras fille chérie ;
   Au gré de mon envie,
   Je vois ta noble ardeur.
   Tu peux donner ton cœur
   A l'un de nos vainqueurs.

Mademoiſelle V I O L E T T E.

Vous ne déſapprouverez donc pas 'mon choix ?

Madame V I O L E T T E.

D'après tes ſentimens, le pourrois-je ? Quel eſt
donc celui qui a ſu te charmer ?

Mademoiſelle V I O L E T T E.

J'ai été ſéduite par le courage de Furet , & c'eſt
lui qui a gagné mon cœur.

Madame V I O L E T T E.

Que je t'embraſſe , ma chère fille , ſi j'avois
eu droit de diſpoſer de ton cœur, c'eſt à

ce brave Parriote que je l'aurois offert : ainsi, compte sur mon aveu, & venons voir. si nous ne pouvons rien faire dans la circonstance pour être utiles à nos amis.

(*Elles sortent.*)

Fin du premier Acte.

ACTE II.

SCENE PREMIERE.

FURET, Mlle. VIOLETTE.

FURET.

NE croyez pas, Mademoiselle Violette, que je fois un mauvais Patriote, quoique j'abandonne un inftant mon détachement, c'eft que je fuis bien fur de l'ennemi, & que je n'ai pu réfifter au plaifir, de vous fuivre, pour vous témoigner.,..

Mlle. VIOLTTE.

Me temoigner quoi, Monfieur Furet, de l'amour, je vous devine; eft-ce que vous y penfez en ce moment ?

FURET.

Morbleu ! fi j'y penfe, & céla ne donne-t-il pas du cœur ;

Mlle. VIOLETTE.

Eh bien, Monfieur Furet, tenez, je ne vais

B 4

pas par deux chemins, je vous déclare que quand j'aurai vu votre courage, & votre cœur, vous aurez le mien.

FURET, *en embraſſant Mlle. Violette.*

Il eſt à moi, ce cœur : ô ma Patrie, ô mon amie : & vous Pierrotins, tremblez.... (*On tire un coup de canon.*)

Air : *Du haut en bas.*

N'entends-tu pas
Le premier ſignal de la gloire,
N'entends-tu pas
Du canon l'horrible fracas,
Je cours, je vole à la victoire,
Et je dépêche à l'onde noire
Tous les ſoldats.

Mlle. VIOLETTE, (*regardant de tous côtés.*)

L'ennemi n'eſt ſurement pas loin, & ce coup ſignifie quelque choſe.... que vois-je, voilà des Pierrotins.... aux armes, Furet!

FURET.

Morbleu, oui les voilà... aux armes.

(*Ils partent en courant.*)

SCENE II.

Le Général PIERROT, & le Capitaine JEANNOT, avec des troupes de Pierrotins.

PIERROT.

JE vous l'ai toujours dit, Capitaine Jeannot, à cent lieues nous n'en rencontrerons pas un seul, à moins que d'aller les chercher dans la Lune : tenez, croyez moi, ce n'est qu'une armée imaginaire.

JEANNOT.

Mais cet Arlequin : oh! pour celui-là il n'est pas dans la Lune, car je l'ai vu moi-même, Quel air il a ! cependant n'importe, Jeannot a du courage, & quand ils seroient dix mille.

Air : *Vous l'ordonnez.*

Si de Jeannot, la valeur est connue,
Ils diront tous : ô le brave guerrier : ?
Tremble, Arlequin, car en preux chevalier
Je te battrois, même dans une nue.

PIERROT.

Même air.

Nous avons tort de nous mettre hors d'haleine,

Je le vois bien tous nos pas font perdus,
Et nos efforts deviendront superflus,
Car ils nous font courir la *pretentaine*.

Ainsi poursuivons notre marche, & fais toujours
avancer les troupes, surtout....

JEANNOT.

Mais, mon Général, ces pauvres diables-là
sont extrêmement fatigués, & ils se plaignent
déjà beaucoup.

PIERROT.

Et que leur manque-t-il : n'ont ils pas onze
liards par jour, pour faire bombance; ainsi, des
coups de bâton à ceux qui s'aviseront de mur-
murer; qu'ils marchent donc toujours.

JEANNOT.

Vous l'entendez, Messieurs, allons en avant,
marche.

(*Les Troupes défilent.*)

SCENE III.

Mad. & Mlle. VIOLETTE, qui fortent d'une couliffe, pendant que les Troupes défilent.

Mad. VIOLETTE.

CE font eux ma fille, prends par ce chemin; vole prévenir nos braves Patriotes, que l'inftant eft favorable; & moi, je médite un coup de maître.

Mlle. VIOLETTE.

Soyez tranquille, ma mère; mais les voilà qui reviennent.

(Elle fort.)

Mad. VIOLETTE.

Ils ont l'air de déferteurs; reftons ici, & favorifons-les s'ils défertent.

SCENE IV.

Mad. VIOLETTE, deux Déserteurs.

UN DÉSERTEUR.

Air : *Eh! mais oui da!*

Voici l'inflant propice,
Abandonnons Pierrot;
Ses bâtons, fon fervice,
Ainfi que fon drapeau,
Eh ! mais oui da!
Comment peut - on trouver du mal à ça.

Mad. VIOLETTE.

Meffieurs, prenez ce chemin - ci, vous ferez
furs de ne point être pourfuivis.

L'AUTRE DÉSERTEUR.

Bien obligé, la bonne mère : vive la liberté!
(*Ils partent.*)

Mad. VIOLETTE.

En voici, je crois encore d'autres.

SCENE V.

Mad. VIOLETTE, une troupe de Déserteurs.

UN DÉSERTEUR.

Même air.

Suivons nos camarades
Et sans peur désertons,
Au diable les bravades,
Ainsi que les bâtons
Eh! mais oui da!
Comment peut-on trouver du mal à ça.

La bonne mère, n'avez-vous pas vu passer quelques-uns de nos camarades? sommes-nous en bon chemin pour gagner terre franche?

Mad. VIOLETTE.

Oui, Messieurs, par ici vous ne craignez rien.

UN DÉSERTEUR.

Obligé.... vive la liberté, vive...
(*Ils partent.*)

Mad. VIOLETTE.

Si cela continue, nos Patriotes n'auront pas beaucoup de peine à les vaincre.... mais voici l'armée qui revient de ce côté; rentrons.

SCENE VI.

PIERROT, JEANNOT, & leurs Troupes qui reviennent d'un autre côté.

PIERROT.

MAis comment cela se peut-il, Capitaine, nos troupes diminent confidérablement ; à chaque instant il en déserte, c'est de votre faute, sans doute.

JEANNOT.

Comment, de ma faute, mon général, je vous l'ai bien dit qu'ils se plaignoient tous ; quelle précaution prendre ?

PIERROT.

Que l'on dépêche un détachement à la poursuite de ces fuyards, & qu'on leur applique à chacun cent coups de bâton, & que leur exemple...

SCENE VII.

LES ACTEURS, PRÉCÉDENTS
Madame VIOLETTE.

MADAME VIOLETTE, *courant.*

AH! Meſſieurs, nous ſommes perdus, Monſieur Pierrot, qu'allez vous faire, qu'allons nous devenir au moins quarante mille patriotes qui arrivent déjà ; ils ſe battent. (*L'on entend deux coups de canons*) Entendez vous, nous ſommes perdus ; ces patriotes ont l'air de poſſédés.

PIERROT.

Cela ſe peut-il ? ô Ciel !

SCENE VIII.

LES ACTEURS PRÉCÉDENTS ;
Mademoiſelle VIOLETTE , courant (*L'on entend le bruit des armes*)

Mademoiſelle VIOLETTE.

AH! Meſſieurs, ah ! ma mere, au moins cinquante mille patriotes. L'on en voit de toutes couleurs. Déja il se battent comme des enragés, plus de mille Pierrotins de tués ; cela fait frémir!... Arlequin est à leur tête, quel homme!

PIERROT.

Dieu! nous sommes perdus : attention ; tirez, non, fuyez... avancez... retirez-vous... je perds la tête.

JEANNOT.

Ma foi, mon Général, sauve qui peut, car si la Lune a crevé, nous sommes perdus.

(*Ils fuyent.*)

Mademoiselle VIOLETTE.

Ah! Messieurs, c'est votre plus court parti.

Madame VIOLETTE.

Les voilà qui viennent ici : voyez, voyez comme ils se battent... ah! ma mère, prenons aussi des fusils.

Madame VIOLETTE.

Allons, courage : ah! nos braves patriotes, les voici : Dieu! secondez-les.

SCENE

SCENE IX.

TOUS LES SOLDATS. PIERROT,
& ARLEQUIN à la tête. Ils se battent.
Les Troupes d'Arlequin mettent ensuite les au-
tres. Plusieurs Soldats Pierrotins mettent bas
les armes, & s'écrient.

NOs amis, de grace, épargnez-nous, nous nous
rendons.

SANS-PEUR : *Tandis que les autres*
se battent toujours, dit :

Que l'on saisisse les armes à ces gens là.

ARLEQUIN, *crie.*

Exterminez, n'épargnez rien de tout ce qui ne
voudra pas rendre les armes.

Les troupes de Pierrot sont défaites ; le bruit
des armes cesse, & une partie des troupes
d'Arlequin reviennent.

Madame VIOLETTE.

Et Monsieur Va-de-bon-Cœur, où est-il, ainsi
que Monsieur Furet?

Mademoiselle VIOLETTE.

Avez vous remarqué, ma mère, avec quel courage M. Furet se battoit : mais où est-il ?

ARLEQUIN.

Ils font tous les deux à la pourfuite des Pierrotins. Dieu foit loué, la victoire eft à nous. At-
tu-vu, Sans-Peur, ce que peut l'amour de la patrie, comme nos Soldats fe battoient!

SANS-PEUR.

Le diable m'emporte fi ces Pierrotins favoient
ce qu'ils faifoient : ils croyoient de bonne foi fe battre d'abord contre des ombres, mais ils ont bien
vu que nous n'étions plus dans la Lune.

Madame VIOLETTE.

Ah, que dites-vous, Monfieur Arlequin, de notre
ftratagême ? ma fille & moi toutes éplorées, nous
fommes venu dire au Général Pierrot que vous
étiez plus de cinquante mille....

ARLEQUIN.

La bonne aventure.

Mademoifelle VIOLETTE.

AIR : *La bonne aventure.*

Avez vous vu battre au champ
   Ces beaux don Quichottes,
Qui croyoient, narguer long-temps,
   Les bons patriotes.
Ah ! fembleu, comme ils partoient !
Ah ! morbleu, comme ils couroient !

La bonne aventure ô gué,
La bonne avanture.

SANS-PEUR.

On croiroit qu'ils vont d'un pas,
　　Droit à Pampelune :
Mais ils vont livrer combat,
　　Sans doute, à la Lune :
Et pour venger leur affront,
C'est là qu'ils nous attendront,
　　La bonne aventure, ô gué,
La bonne aventure.

(*Ils chantent tous.*)

　　La bonne avanture, ô gué,
La bonne aventure.

SCENE X.

LES ACTEURS PRECEDENTS, VA-DE-BON-CŒUR, avec ses troupes.

VA-DE-BON-CŒUR.

JE réponds qu'ils ne reviendront plus à l'attaque.
Si vous aviez vu Pierrot, qui quoique blessé, alui
bien heureusement, & s'écrioit :

Air : *Si l'Univers entier m'oublie.*

　　Hélas ! ma douleur est extrême,
　　Moi qui donnois la loi suprême,
　　Faut-il donc que je sois soumis ?　　*bis.*

C 3

ARLEQUIN.

D'après cet essai que ne pouvons-nous pas en-
treprendre, mais, mes amis, ne nous endormons pas
sur ces lauriers : volons, portons à nos amis, à nos
concitoyens , la gloire que nous venons d'obtenir :
sur-tout ranimons notre ardeur, & chantons.

Air : *Dans Richard.*

Eh ! zic & zoc,
Eh ! fric, & froc,
De l'ardeur
Avec du cœur
L'on est toujours le vainqueur.

(*On répète en chœur.*)

De l'ardeur
Avec du cœur,
L'on est toujours le vainqueur.

ARLEQUIN.

Que chacun de nous s'apprête
A célébrer la conquête
Qui ramène le bonheur.

Madame VIOLETTE.

Et par des cris d'allégresse,
Disons, répétons sans cesse,
Vivent tous les gens d'honneur.

Eh ! zic & zoc,
Eh ! fric & froc,
De l'ardeur

Avec du cœur,
L'on eft toujours le vainqueur.

(*On répète.*)

Eh, zic & zoc, &c.

V A - D E - B O N - C œ U R.

Ce n'eft pas tout, Madame Violette, vous favez avec qui je defire partager ma gloire.

Madame V I O L E T T E.

Quand vous avez fait le bonheur de notre pays,
pourrois-je me refufe. de faire le vôtre : mon cœur
eft à vous, brave capitaine.

S A N S - P E U R.

Mais, mes chers camarades, il nous refte encore un objet bien important : oubliez-vous qu'il
exifte un château fort au milieu de notre pays,
& qui fert de retraite à une quantité prodigieufe
de Pierrotins.

Mademoifelle V I O L E T T E.

Ah! voici Monfieur Furet qui revient avec toutes fes troupes.

SCENE DERNIERE.

LES ACTEURS PRECEDENTS,
FURET & des troupes.

F U R E T.

Nous les avons pourfuivi comme de bêtes fauves,

& nous ne craignons plus rien de leur part dans ces cantons ; mais ne nous reste-t-il pas encore un vestige de ces Pierrotins.

ARLEQUIN.

Oui, il leur reste encore certain château fort; mais ils capituleront, & je vous reponds, mes amis, qu'à la fin du carême, pas une seule *figue*, nous causera d'indigestion : ils apprendront que si Arlequin est descendu de la lune, c'est pour les envoyer dans la Siberie, ou au diable.

FURET.

Eh bien ! Mademoiselle Violette, la victoire est à nous; je vais m'exprimer comme je me bats, avec franchise & fermeté : ⸱-⸱ voulez-vous faire un échange de nos cœurs?

Mademoiselle VIOLETTE.

Je vous l'ai promis, Mr. Furet, & ma mère y consent;

Madame VIOLETTE. (*Au milieu de Furet & de Va-de-bon-cœur*)

Air : *Chantez, dansez.*

Le triomphe pour les vainqueurs,
Est la plus brillante couronne ;
Mais nous vous ajoutons nos cœurs,
Et c'est l'amour qui vous les donne.
Mars & l'Amour auront le prix
D'avoir couronné leurs amis.

Mademoiselle VIOLETTE *répète en cœur avec sa Mère.*

Mars & l'amour auront le prix
D'avoir couronné leurs amis

VA-DE-BON-CŒUR.

Même Air :

Les vainqueurs de la liberté
Ne font jaloux de leur victoire
Que pour offrir, à la beauté ,
Leur conquête & même leur gloire.
De Mars, de l'Amour, les favoris,
De leur bonheur, fentent le prix-

FURET , *répète en cœur avec* VA-DE-BON-CŒUR.

De Mars, de l'Amour, les favoris,
De leur bonheur, fentent le prix.

FURET

Quel bonheur n'est pas le nôtre , & à ce prix
qui ne donneroit pas fa vie ?

VAUDEVILLE.

Air : On doit foixante mille francs.

Souvent, par une folle erreur,
L'on va prodiguant fa valeur ;
   Ma foi cela défole.   *bis.*
Mais quand on combat pour l'honneur,
Et que l'on refte le vainqueur ,
   Ma foi cela confole.   *bis.*

S A N S - P E U R.

Lorfque des cruels ennemis,
Vont ravageant votre pays ;

  Ma foi cela défole.   *bis.*

Mais quand on les a pourfuivis
Et que bientôt ils font partis,

  C'eft ce qui vous confole.   *bis.*

V A - D E - B O N - C Œ U R.

Il falloit fouffrir mille maux
De la part de tous ces Pierrots ;

  Et cela vous défole.   *bis.*

Mais en marchant fous les drapeaux
D'Arlequin , l'on devient héros,

  Et cela vous confole.   *bis.*

A R L E Q U I N.

Ils diront, voyant nos exploits,
De chez Arlequin , cette fois ,

  Nous venons de l'école.   *bis.*

Et s'ils ne nous rendent nos droits,
Nous leur ferons aufli des lois,

  J'en donne ma parole.   *bis.*

T O U S *en chœur.*

Et s'ils ne nous rendent nos droits,
Arlequin leur fera des loix,

  Il donne fa parole   *bis.*

F I N.

www.ingramcontent.com/pod-product-compliance
Lightning Source LLC
Chambersburg PA
CBHW060842180626
46818CB00004B/1548